Blanca Nieves y los siete enanos

Ilustrado por
Gill Guile

Brimax • Newmarket • Inglaterra

Blanca Nieves vivía en un gran castillo con la reina, que era su madrastra. Todos los días, la reina le preguntaba a su espejo mágico: "Espejito, espejito, ¿quién es la más bella de todas?" Todos los días, el espejo le contestaba: "Tú eres la más bella del reino."

Un día, la reina le preguntó al espejo: "Espejito, espejito, ¿quién es la más bella de todas?" Y el espejo contestó: "Tú eres muy bella, pero Blanca Nieves es la más bella del reino". La reina vio la cara de Blanca Nieves en el espejo y se puso furiosa.

La reina le dijo a un cazador que se llevara a Blanca Nieves al bosque y la matara, pero el cazador la dejó escapar. Blanca Nieves caminó por el bosque hasta que encontró una casita. Como no había nadie en la casita, Blanca Nieves abrió la puerta y entró.

¡Qué casa tan desordenada!
Blanca Nieves se puso a limpiar. Lavó siete platos, siete vasos, siete cuchillos, siete tenedores y siete cucharas. Quitó el polvo de siete sillas y arregló siete camas. Después, como estaba muy cansada, se quedó dormida.
En la casita vivían siete enanos. Cuando regresaron a su hogar se quedaron sorprendidos al ver a Blanca Nieves, pero decidieron darle refugio.

Un día, la reina le preguntó a su espejo mágico: "Espejito, espejito, ¿quién es la más bella de todas?" Y el espejo contestó: "Tú eres muy bella, pero Blanca Nieves, que vive en el bosque con los enanos, es la más bella del reino." La reina se puso furiosa y decidió encontrar a Blanca Nieves.

La reina se disfrazó de viejita, llenó una canasta con manzanas y se fue a buscar a Blanca Nieves. Los enanos estaban trabajando en el bosque. Cuando la reina encontró la casita, tocó a la puerta. "¿Me comprarías una manzana?", le preguntó a Blanca Nieves. Era una manzana encantada. La reina la había hechizado. Blanca Nieves mordió la manzana y cayó al suelo como si estuviera muerta.

Cuando los enanos regresaron a su casa, encontraron a Blanca Nieves en el suelo. "La reina malvada estuvo aquí", dijeron con tristeza. Los enanos pensaban que Blanca Nieves estaba muerta y le hicieron una cama especial en el bosque. Todos los pájaros y los animales del bosque la cuidarían.

Un día, un príncipe que cabalgaba por el bosque vio a Blanca Nieves en su cama. El príncipe les dijo a los enanos: "Por favor, dejen que me la lleve a mi castillo." Cuando el príncipe levantó a Blanca Nieves, el pedazo de manzana encantada cayó de su boca. Entonces, Blanca Nieves abrió los ojos. ¡Estaba viva!

Ese día, la reina le preguntó a su espejo mágico: "Espejito, espejito, ¿quién es la más bella de todas?" Y el espejo contestó: "Tú eres muy bella, pero Blanca Nieves es la más bella del reino." La reina se enojó tanto, tanto, que se murió.
Blanca Nieves se casó con el príncipe y vivieron felices para siempre.

¿Puedes encontrar las cinco diferencias que hay en estos dibujos?